KB103477

외로우니까 사람이다

외로우니까 사람이다

초판 1쇄 발행/2021년 8월 27일
초판 8쇄 발행/2024년 8월 19일

지은이/정호승
펴낸이/염종선
책임편집/이진혁
조판/박아경
펴낸곳/(주)창비
등록/1986년 8월 5일 제85호
주소/10881 경기도 파주시 회동길 184
전화/031-955-3333
팩시밀리/영업 031-955-3399 편집 031-955-3400
홈페이지/www.changbi.com
전자우편/lit@changbi.com

ISBN 978-89-364-2734-4 03810

외로우니까 사람이다

정호승 시집

창비

차례

제1부

제2부

제3부

제4부

제 1 부

사랑한다

밥그릇을 들고 길을 걷는다
목이 말라 손가락으로 강물 위에
사랑한다라고 쓰고 물을 마신다
갑자기 먹구름이 몰리고
몇날 며칠 장대비가 때린다
도도히 황톳물이 흐른다
제비꽃이 아파 고개를 숙인다
비가 그친 뒤
강둑 위에서 제비꽃이 고개를 들고
강물을 내려다본다
젊은 송장 하나가 떠내려오다가
사랑한다
내 글씨에 걸려 떠내려가지 못한다

내가 사랑하는 사람

나는 그늘이 없는 사람을 사랑하지 않는다
나는 그늘을 사랑하지 않는 사람을 사랑하지 않는다
나는 한그루 나무의 그늘이 된 사람을 사랑한다
햇빛도 그늘이 있어야 맑고 눈이 부시다
나무 그늘에 앉아
나뭇잎 사이로 반짝이는 햇살을 바라보면
세상은 그 얼마나 아름다운가

나는 눈물이 없는 사람을 사랑하지 않는다
나는 눈물을 사랑하지 않는 사람을 사랑하지 않는다
나는 한방울 눈물이 된 사람을 사랑한다
기쁨도 눈물이 없으면 기쁨이 아니다
사랑도 눈물 없는 사랑이 어디 있는가
나무 그늘에 앉아
다른 사람의 눈물을 닦아주는 사람의 모습은
그 얼마나 고요한 아름다움인가

남한강

얼어붙은 남한강 한가운데에
나룻배 한척 떠 있습니다
첫얼음이 얼기 전에 어디론가
멀리 가고파서
제딴에는 먼바다를 생각하다가
그만 얼어붙어버리고 말았습니다
나룻배를 사모하는 남한강 갈대들이
하룻밤 사이에 겨울을 불러들여
아무 데도 못 가게 붙들어준 줄을
나룻배는 저 혼자만 모르고 있습니다

꽃 지는 저녁

꽃이 진다고 아예 다 지나
꽃이 진다고 전화도 없나
꽃이 져도 나는 너를 잊은 적 없다
지는 꽃의 마음을 아는 이가
꽃이 진다고 저만 외롭나
꽃이 져도 나는 너를 잊은 적 없다
꽃 지는 저녁에는 배도 고파라

석련(石蓮)

바위도 하나의 꽃이었지요
꽃들도 하나의 바위였지요
어느날 당신이 나를 찾은 후
나의 손을 처음으로 잡아주신 후
나는 한송이 석련으로 피어났지요
시들지 않는 연꽃으로 피어났지요

바위도 하나의 눈물이었지요
눈물도 하나의 바위였지요
어느날 당신이 나를 떠난 후
나의 손을 영영 놓아버린 후
나는 또 한송이 석련으로 피어났지요
당신을 향한 연꽃으로 피어났지요

수련

물은 꽃의 눈물인가
꽃은 물의 눈물인가
물은 꽃을 떠나고 싶어도 떠나지 못하고
꽃은 물을 떠나고 싶어도 떠나지 못한다
새는 나뭇가지를 떠나고 싶어도 떠나지 못하고
눈물은 인간을 떠나고 싶어도 떠나지 못한다

발자국

눈길에 난 발자국만 보아도
서로 사랑한다는 것을 알 수 있다

눈길에 난 발자국만 보아도
서로 사랑하는 사람의 발자국이라는 것을 알 수 있다

남은 발자국들끼리
서로 팔짱을 끼고 걸어가는 것을 보면

남은 발자국들끼리
서로 뜨겁게 한 몸을 이루다가
녹아버리는 것을 보면

눈길에 난 발자국만 보아도
서로 사랑하고 있다는 것을 알 수 있다

윤동주의 서시

너의 어깨에 기대고 싶을 때
너의 어깨에 기대어 마음 놓고 울어보고 싶을 때
너와 약속한 장소에 내가 먼저 도착해 창가에 앉았을 때
그 창가에 문득 햇살이 눈부실 때

윤동주의 서시를 읽는다
뒤늦게 너의 편지에 번져 있는 눈물을 보았을 때
눈물의 죽음을 이해하지 못하고 기어이 서울을 떠났을 때
새들이 톡톡 안개를 걷어내고 바다를 보여줄 때
장항에서 기차를 타고

가난한 윤동주의 서시를 읽는다
갈참나무 한그루가 기차처럼 흔들린다
산다는 것은 사랑한다는 것인가
사랑한다는 것은 산다는 것인가

정동진

밤을 다하여 우리가 태백을 넘어온 까닭은 무엇인가
밤을 다하여 우리가 새벽에 닿은 까닭은 무엇인가
수평선 너머로 우리가 타고 온 기차를 떠나보내고
우리는 각자 가슴을 맞대고 새벽바다를 바라본다
해가 떠오른다
해는 바다 위로 막 떠오르는 순간에는 바라볼 수 있어도
성큼 떠오르고 나면 눈부셔 바라볼 수가 없다
그렇다
우리가 누가 누구의 해가 될 수 있겠는가
우리는 다만 서로의 햇살이 될 수 있을 뿐
우리는 다만 서로의 파도가 될 수 있을 뿐
누가 누구의 바다가 될 수 있겠는가
바다에 빠진 기차가 다시 일어나 해안선과 나란히 달린다
우리가 지금 다정하게 철길 옆 해변가로 팔짱을 끼고 걷는다 해도
언제까지 함께 팔짱을 끼고 걸을 수 있겠는가
동해를 향해 서 있는 저 소나무를 보라
바다에 한쪽 어깨를 지친 듯이 내어준 저 소나무의 마음

을 보라

네가 한때 긴 머리카락을 휘날리며 기대었던 내 어깨처럼 편안하지 않은가

또다시 해변을 따라 길게 뻗어나간 저 철길을 보라

기차가 밤을 다하여 평생을 달려올 수 있었던 것은

서로 평행을 이루었기 때문이 아니겠는가

우리 굳이 하나가 되기 위하여 노력하기보다

평행을 이루어 우리의 기차를 달리게 해야 한다

기차를 떠나보내고 정동진은 늘 혼자 남는다

우리를 떠나보내고 정동진은 울지 않는다

수평선 너머로 손수건을 흔드는 정동진의 붉은 새벽바다

어여뻐라 너는 어느새 파도에 젖은 햇살이 되어 있구나

오늘은 착한 갈매기 한마리가 너를 사랑하기를

고래를 위하여

푸른 바다에 고래가 없으면
푸른 바다가 아니지
마음속에 푸른 바다의
고래 한마리 키우지 않으면
청년이 아니지

푸른 바다가 고래를 위하여
푸르다는 걸 아직 모르는 사람은
아직 사랑을 모르지

고래도 가끔 수평선 위로 치솟아올라
별을 바라본다
나도 가끔 내 마음속의 고래를 위하여
밤하늘 별들을 바라본다

리기다소나무

당신을 처음 만났을 때
당신은 한그루 리기다소나무 같았지요
푸른 리기다소나무 가지 사이로
얼핏얼핏 보이던 바다의 눈부신 물결 같았지요

당신을 처음 만나자마자
당신의 가장 아름다운 솔방울이 되길 원했지요
보다 바다 쪽으로 뻗어나간 솔가지가 되어
가장 부드러운 솔잎이 되길 원했지요

당신을 처음 만나고 나서 비로소
혼자서는 아름다울 수 없다는 걸 알았지요
사랑한다는 것이 아름다운 것인 줄 알았지요

당신

당신을 만나러
서울구치소로 가는 밤길에 함박눈이 환히 길을 밝힙니다
눈송이들은 눈길을 달려가는 어린 쥐들의 눈동자인 양 어여쁘고
당신이 기대어 잠들던 벽들은 길이 되어
추운 나무뿌리들의 가슴을 쓰다듬고 있습니다
언젠가 당신을 만나고 돌아오던 날
눈길에 십자고상 하나 던져버렸던 일이 부끄럽습니다
이제 곧 나무를 떠난 나뭇잎들은 돌아옵니다
적게 가질수록 더 많이 갖게 된 나뭇잎들은 썩어 다시 싹을 틔웁니다
당신은 상처 입을 때까지 사랑하는 일을 두려워하지 않았습니다
새들이 나뭇가지에 앉아 아직도 바람에 흔들리는 까닭은
당신을 사랑하기 때문입니다
새벽별들이 가끔 나뭇가지에 걸려 빛나는 것은
당신을 사랑하는 나무뿌리들의 고요한 기쁨 때문입니다

첫마음

사랑했던 첫마음 빼앗길까봐
해가 떠도 눈 한번 뜰 수가 없네
사랑했던 첫마음 빼앗길까봐
해가 져도 집으로 돌아갈 수 없네

꽃다발

네가 준 꽃다발을
외로운 지구 위에 걸어놓았다

나는 날마다 너를 만나러
꽃다발이 걸린 지구 위를
걸어서 간다

문득

문득
보고 싶어서
전화했어요
성산포 앞바다는 잘 있는지
그때처럼
수평선 위로
당신하고
걷고 싶었어요

풍경 달다

운주사 와불님을 뵙고
돌아오는 길에
그대 가슴의 처마 끝에
풍경을 달고 돌아왔다
먼 데서 바람 불어와
풍경소리 들리면
보고 싶은 내 마음이
찾아간 줄 알아라

자국눈

지상에 내리는 눈 중에서
가장 어여쁜 눈은 자국눈이다
첫사랑처럼
살짝 발자국이 찍히는 자국눈이다

어머니 첫사랑 남자를 만날 때마다
살짝살짝 자국눈이 내렸다지
그 남자가 가슴에 남긴 발자국이
평생 자국눈처럼 지워지지 않았다지

첫눈이 가장 먼저 내리는 곳

첫눈이 가장 먼저 내리는 곳은
너와 처음 만났던 도서관 숲길이다
아니다

네가 처음으로 무거운 내 가방을 들어주었던
버스 종점이다
아니다

버스 종점 부근에 서 있던
플라타너스 가지 위의 까치집이다
아니다

네가 사는 다세대주택 뒷산
민들레가 무더기로 피어나던 강아지 무덤 위다
아니다

지리산 노고단에 피었다 진 원추리의 이파리다
아니다

외로운 선인장의 가시 위다
아니다

봉천동 달동네에 사는 소년의 똥무더기 위다
아니다

초파일날
네가 술을 먹고 토하던 조계사 뒷골목이다
아니다

전경들이 진압봉을 들고 서 있던 명동성당 입구다
아니다

나를 첫사랑이라고 말하던 너의 입술 위다
그렇다

누굴 사랑해본 것은 네가 처음이라고 말하던
나의 입술 위다
그렇다

철길에 앉아

철길에 앉아 그를 사랑한다고 말했다
철길에 앉아 그와 결혼하고 싶다고 말했다

그때 멀리 기차 오는 소리가 들렸다
그는 아무 말이 없었다

기차는 점점 가까이 다가오고 있었다
그는 아무 말이 없었다

코스모스가 안타까운 얼굴로 나를 쳐다보고 있었다
나는 그대로 앉아 있었다

기차가 눈 안에 들어왔다
지평선을 뚫고 성난 멧돼지처럼 씩씩거리며
기차는 곧 나를 덮칠 것 같았다

나는 일어나지 않았다
낮달이 놀란 얼굴을 하고

해바라기가 고개를 흔들며 빨리 일어나라고 소리치고 있었다

나는 그대로 앉아 있었다
이대로 죽어도 좋다 싶었다

너는 전화를 받지 않는다

불국사 종루 근처
공중전화 앞을 서성거리다가
너에게 전화를 건다

석가탑이 무너져내린다
공중전화카드를 꺼내어
한참 줄을 서서 기다린 뒤
다시 또 전화를 건다

다보탑이 무너져내린다
다시 또 공중전화카드를 꺼내어
너에게 전화를 건다

청운교가 무너져내린다
대웅전이 무너져내린다
석등의 맑은 불이 꺼진다

나는 급히 수화기를 놓고

그대로 종루로 달려가
쇠줄에 매달린 종메가 되어

힘껏 종을 울린다
너는 전화를 받지 않는다

입산

너를 향해 천천히 걸어갔다
너는 산으로 들어가버렸다
너를 향해 급히 달려갔다
너는 더 깊은 산으로 들어가버렸다

나는 한참 길가에 앉아
배가 고픈 줄도 모르고
시들어가는 민들레 꽃잎을 들여다보다가
천천히 나를 향해 걷기 시작했다

길은 끝이 없었다
지상을 떠나는 새들의 눈물이 길을 적셨다
나는 그 눈물을 따라가다가
네가 들어간 산의 골짜기가 되었다

눈 녹은 물로
언젠가 네가 산을 내려올 때
낮은 곳으로 흘러갈
너의 깊은 골짜기가 되었다

후회

그대와 낙화암에 갔을 때
왜 그대 손을 잡고 떨어져 백마강이 되지 못했는지

그대와 만장굴에 갔을 때
왜 끝없이 굴속으로 걸어 들어가 서귀포 앞바다에 닿지 못했는지

그대와 천마총에 갔을 때
왜 천마를 타고 가을하늘 속을 훨훨 날아다니지 못했는지

그대와 감은사에 갔을 때
왜 그대 손을 이끌고 감은사 돌탑 속으로 들어가지 못했는지

그대와 운주사에 갔을 때
운주사에 결국 노을이 질 때

왜 나란히 와불 곁에 누워 있지 못했는지
와불 곁에 잠들어 별이 되지 못했는지

별똥별

별똥별이 떨어지는 순간에
내가 너를 생각하는 줄
넌 모르지

떨어지는 별똥별을 바라보는 순간에
내가 너의 눈물을 생각하는 줄
넌 모르지

내가 너의 눈물이 되어 떨어지는 줄
넌 모르지

꿈

눈사람 한 사람이 찾아왔었다
눈은 그치고 보름달은 환히 떠올랐는데
눈사람 한 사람이 대문을 두드리며 자꾸 나를 불렀다
나는 마당에 불을 켜고 맨발로 달려나가 대문을 열었다
부끄러운 듯 양 볼이 발그레하게 상기된 눈사람 한 사람이
편지 한장을 내밀고 어디론가 사라졌다
밤새도록 어디에서 걸어온 것일까
천안삼거리에서 걸어온 것일까
편지 겉봉을 뜯자 달빛이 나보다 먼저 편지를 읽는다
당신하고 결혼하고 싶었습니다
이 말만은 꼭 하고 싶었습니다

수선화에게

울지 마라
외로우니까 사람이다
살아간다는 것은 외로움을 견디는 일이다
공연히 오지 않는 전화를 기다리지 마라
눈이 오면 눈길을 걸어가고
비가 오면 빗길을 걸어가라
갈대숲에서 가슴검은도요새도 너를 보고 있다
가끔은 하느님도 외로워서 눈물을 흘리신다
새들이 나뭇가지에 앉아 있는 것도 외로움 때문이고
네가 물가에 앉아 있는 것도 외로움 때문이다
산 그림자도 외로워서 하루에 한번씩 마을로 내려온다
종소리도 외로워서 울려 퍼진다

절벽에 대한 몇가지 충고

절벽을 만나거든 그만 절벽이 되라
절벽 아래로 보이는 바다가 되라
절벽 끝에 튼튼하게 뿌리를 뻗은
저 솔가지 끝에 앉은 새들이 되라

절벽을 만나거든 그만 절벽이 되라
기어이 절벽을 기어오르는 저 개미떼가 되라
그 개미떼들이 망망히 바라보는 수평선이 되라

누구나 가슴속에 하나씩 절벽은 있다
언젠가는 기어이 올라가야 할
언젠가는 기어이 내려와야 할
외로운 절벽이 하나씩 있다

바닷가에 대하여

누구나 바닷가 하나씩은 자기만의 바닷가가 있는 게 좋다
누구나 바닷가 하나씩은 언제나 찾아갈 수 있는
자기만의 바닷가가 있는 게 좋다
잠자는 지구의 고요한 숨소리를 듣고 싶을 때
지구 위를 걸어가는 새들의 작은 발소리를 듣고 싶을 때
새들과 함께 수평선 위로 걸어가고 싶을 때
친구를 위해 내 목숨을 버리지 못했을 때
서럽게 우는 어머니를 껴안고 함께 울었을 때
모내기가 끝난 무논의 저수지 둑 위에서
자살한 어머니의 고무신 한짝을 발견했을 때
바다에 뜬 보름달을 향해 촛불을 켜놓고 하염없이
두 손 모아 절을 하고 싶을 때
바닷가 기슭으로만 기슭으로만 끝없이 달려가고 싶을 때
누구나 자기만의 바닷가가 하나씩 있으면 좋다
자기만의 바닷가로 달려가 쓰러지는 게 좋다

나무들의 결혼식

내 한평생 버리고 싶지 않은 소원이 있다면
나무들의 결혼식에 초대받아 낭랑하게
축시 한번 낭송해보는 일이다

내 한평생 끝끝내 이루고 싶은 소망이 있다면
우수가 지난 나무들의 결혼식 날
몰래 보름달로 떠올라
밤새도록 나무들의 첫날밤을 엿보는 일이다

그리하여 내 죽기 전에 다시 한가지 소원이 있다면
은은히 산사의 종소리가 울리는 봄날 새벽
눈이 맑은 큰스님을 모시고
나무들과 결혼 한번 해보는 일이다

결혼에 대하여

만남에 대하여 진정으로 기도해온 사람과 결혼하라
봄날 들녘에 나가 쑥과 냉이를 캐어본 추억이 있는 사람과 결혼하라
된장을 풀어 쑥국을 끓이고 스스로 기뻐할 줄 아는 사람과 결혼하라
일주일 동안 야근을 하느라 미처 채 깎지 못한 손톱을 다정스레 깎아주는 사람과 결혼하라
콧등에 땀을 흘리며 고추장에 보리밥을 맛있게 비벼 먹을 줄 아는 사람과 결혼하라
어미를 그리워하는 어린 강아지의 똥을 더러워하지 않고 치울 줄 아는 사람과 결혼하라
가끔 나무를 껴안고 나무가 되는 사람과 결혼하라
나뭇가지들이 밤마다 별들을 향해 뻗어나간다는 사실을 아는 사람과 결혼하라
고단한 별들이 잠시 쉬어가도록 가슴의 단추를 열어주는 사람과 결혼하라
가끔은 전깃불을 끄고 촛불 아래서 한권의 시집을 읽을 줄 아는 사람과 결혼하라

책갈피 속에 노란 은행잎 한장쯤은 오랫동안 간직하고 있는 사람과 결혼하라

밤이 오면 땅의 벌레소리에 귀 기울일 줄 아는 사람과 결혼하라

밤이 깊으면 가끔은 사랑해서 미안하다고 속삭일 줄 아는 사람과 결혼하라

결혼이 사랑을 필요로 하는 것처럼 사랑도 결혼이 필요하다

사랑한다는 것은 이해한다는 것이며

결혼도 때로는 외로운 것이다

반지의 의미

만남에 대하여 기도하자는 것이다
만남에 대하여 감사하자는 것이다
처음과 같이 아름답자는 것이다
처음과 같이 순결하자는 것이다
언제나 첫마음으로 돌아가자는 것이다
언제나 첫마음을 잃지 말자는 것이다
사랑에도 외로움이 기다리고 있다는 것이다
결혼에도 외로움이 기다리고 있다는 것이다
꽃이 진다고 울지 말자는 것이다
스스로 꽃이 되자는 것이다
처음과 같이 가난하자는 것이다
처음과 같이 영원하자는 것이다

제 2 부

우박

하늘에 무슨 슬픈 일이 저리 있어서
또 누구의 서러운 죽음 있어서
저리도 눈물마저 단단해져서
배추밭에 우박으로 쏟아지는가
나는 퍽퍽 구멍 뚫리는 배추잎이 되어
쏟아지는 우박마다 껴안고 나뒹군다
하늘에 계신 누님의 눈물 같아서
하늘에 계신 어머님의 눈물 같아서
온몸이 아프도록
온몸에 숭숭 구멍이 뚫리도록

달팽이

비가 온다
봄비다
우산도 없이
한참 길을 걷는다
뒤에서 누가
말없이
우산을 받쳐준다
문득 뒤돌아보니
달팽이다

달팽이

내 마음은 연약하나 껍질은 단단하다
내 껍질은 연약하나 마음은 단단하다
사람들이 외롭지 않으면 길을 떠나지 않듯이
달팽이도 외롭지 않으면 길을 떠나지 않는다

이제 막 기울기 시작한 달은 차돌같이 차다
나의 길은 어느새 풀잎에 젖어 있다
손에 주전자를 들고 아침이슬을 밟으며
내가 가야 할 길 앞에서 누가 오고 있다

죄 없는 소년이다
소년이 무심코 나를 밟고 간다
아마 아침이슬인 줄 알았나보다

나비

누구의 상장(喪章)인가

누구의 상여가 길 떠나는가

나비 한마리가 태백산맥을 넘는다

속초 앞바다

삼각파도 끝에 앉은 나비

잠자리

잠자리 날개에 낮달 걸리다

잠자리 날개에 초승달 걸리다

어머니 새벽같이 일어나 쌀을 안칠 때

잠자리 날개에 이슬 맺히다

장독대 정한수에 목을 축이다

개미

달빛 아래 개미들이 기어간다
한평생 잠들지 못한 개미란 개미는 다 강가로 나가
일제히 칼을 간다
저마다 마음의 빈자리에 고이 간직한 칼을 꺼내어
조금도 쉬지 않고 간다
달빛은 푸르다
강물소리는 들리지 않는다
개미들이 일제히 칼끝을 치켜세우고
자기의 목을 찌른다

개미

개미 한마리가
죽은 개미 한마리를 끌고 간다

개미 두마리가
죽은 무당벌레 한마리를 끌고 간다

개미 다섯마리가
죽은 지렁이 한마리를 끌고 간다

개미 열마리가 죽은 나뭇잎을 끌고 가다가
강물에 빠진다

다시 개미 한마리가
사람 시체 하나를 끌고 간다

아마 나의 시체인가보다

밤벌레

겨울밤 창밖에 눈은 내리는데
삶은 밤 속에 밤벌레 한마리 죽어 있었다
죽은 태아처럼 슬프게 알몸을 구부리고
밤벌레는 아무 말이 없었다

그날부터 나는 삶은 밤은 먹지 않았다
누가 이 지구를 밤처럼 삶아 먹는다면
내가 한마리 밤벌레처럼 죽을 것 같아서
등잔불을 올리고 밤에게 용서를 빌었다

나뭇잎을 닦다

저 소나기가 나뭇잎을 닦아주고 가는 것을 보라
저 가랑비가 나뭇잎을 닦아주고 가는 것을 보라
저 봄비가 나뭇잎을 닦아주고 기뻐하는 것을 보라
기뻐하며 집으로 돌아가 고이고이 잠드는 것을 보라
우리가 나뭇잎에 앉은 먼지를 닦는 일은
우리 스스로 나뭇잎이 되는 일이다
우리 스스로 푸른 하늘이 되는 일이다
나뭇잎에 앉은 먼지 한번 닦아주지 못하고 사람이 죽는다면
사람은 그 얼마나 쓸쓸한 것이냐

소록도에서 온 편지

팔 없는 팔로 너를 껴안고
발 없는 발로 너에게로 간다
개동백나무에 개동백이 피고
바다 위로 보름달이 떠오르는 밤
손 없는 손으로 동백꽃잎마다 주워
한잎 두잎 바다에 띄우나니 받으시라
팔 없는 팔로 허리를 두르고
발 없는 발로 함께 걷던 바닷가를
동백꽃잎 따라 성큼성큼 걸어오시라

싸락눈

오는 게 아니야
오시는 거야
내리는 게 아니야
내리시는 거야

어머니
뒤주에서 됫박으로 퍼내시던
쌀 같으니까

지구에
배고픈 사람이
더이상 없으니까

오동도

오늘도 그녀는 오지 않았다
내가 보고 싶다고
막차라도 타고 올라오겠다고
편지해놓고
오동도만 올라와서 서울역에
동백꽃 향기만 가득하다

질투

가을날 가랑비가
가랑잎만 사랑한다
나는 너무너무 질투가 나서
가랑비가 그칠 때까지
가랑잎으로 나뒹굴었다

가을

돌아보지 마라
누구든 돌아보는 얼굴은 슬프다
돌아보지 마라
지리산 능선들이 손수건을 꺼내 운다
인생의 거지들이 지리산에 기대앉아
잠시 가을이 되고 있을 뿐
돌아보지 마라
아직 지리산이 된 사람은 없다

사막

들녘에 비가 내린다
빗물을 듬뿍 머금고
들녘엔 들꽃이 찬란하다
사막에 비가 내린다
빗물을 흠뻑 빨아들이고
사막은 여전히 사막으로 남아 있다
받아들일 줄은 알고
나눌 줄은 모르는 자가
언제나 더 메말라 있는
초여름
인간의 사막

나뭇잎 사이로

나뭇잎 사이로 걸어가라
모든 적은 한때 친구였다
우리가 나뭇잎 사이로 걸어가지 않고
어떻게 죽음을 맞이할 수 있겠는가
고요히 칼을 버리고
세상의 거지들은 다
나뭇잎 사이로 걸어가라
우리가 나뭇잎 사이로 걸어가지 않고
어떻게 눈물이 햇살이 되겠는가
어떻게 상처가 잎새가 되겠는가

새벽

바람 부는 새벽
여기저기 코스모스 모가지가 꺾여 있는 철로가
어린 개 한마리가
철길에 똥을 누다가 문득 별을 바라본다
죽음이란 보고 싶을 때
보지 못하는 것
별똥별처럼 기차는 사라지고
개들도 어머니가 보고 싶다

거지인형

엄마는 겨울이 춥다고 한다
나는 엄마가 있어서 따뜻한데

엄마는 올겨울이 외롭다고 한다
나는 엄마가 있어서 외롭지 않은데

그리운 목소리

나무를 껴안고 가만히
귀 대어보면
나무 속에서 어머니의 목소리가 들린다
행주치마 입은 채로 어느날
어스름이 짙게 깔린 골목까지 나와
호승아 밥 먹으러 오너라 하고 소리치던
그리운 어머니의 목소리가 들린다

귀뚜라미에게 받은 짧은 편지

울지 마
엄마 돌아가신 지
언제인데
너처럼 많이 우는 애는
처음 봤다
해마다 가을날
밤이 깊으면
갈댓잎 사이로 허옇게
보름달 뜨면
내가 대신 이렇게
울고 있잖아

마음의 똥

내 어릴 때 소나무 서 있는 들판에서
아버지 같은 눈사람 하나 외롭게 서 있으면
눈사람 옆에 살그머니 쪼그리고 앉아
한무더기 똥을 누고 돌아와 곤히 잠들곤 했는데
그날 밤에는 꿈속에서도 유난히 함박눈이 많이 내려
내가 눈 똥이 다 함박눈이 되어 눈부셨는데
이제는 아무 데도 똥 눌 들판이 없어
아버지처럼 외롭고 다정한 눈사람 하나 없어
내 마음의 똥 한무더기 누지 못하고
외롭고 쓸쓸하다

새벽의 시

나는 새벽이 되어서야 알았다
나뭇잎이 나무의 눈물인 것을
새똥이 새들의 눈물인 것을
어머니가 인간의 눈물인 것을

나는 새벽이 되어서야 알았다
나무들의 뿌리가 서로 얽혀 있다는 것이
얼마나 고마운 일이라는 것을
새들이 우리의 더러운 지붕 위에 날아와
똥을 눈다는 것이
그 얼마나 고마운 일이라는 것을

나는 새벽이 되어서야 알았다
거리의 노숙자들이 잠에서 깨어나
어머니를 생각하는 새벽의 새벽이 되어서야
눈물의 고마움을 알게 되었다

새들은 지붕을 짓지 않는다

새들은 지붕을 짓지 않는다
잠이 든 채로 그대로 눈을 맞기 위하여
잠이 들었다가도 별들을 바라보기 위하여
외롭게 떨어지는 별똥별들을 위하여
그 별똥별을 들여다보고 싶어하는 어린 나뭇가지들을 위하여
새들은 지붕을 짓지 않는다
가끔은 외로운 낮달도 쉬어가게 하고
가끔은 민들레 꽃씨도 쉬어가게 하고
가끔은 인간을 위해 우시는 하느님의 눈물도 받아둔다
누구든지 아침에 일찍 일어나 새들의 집을 한번 들여다보라
간밤에 떨어진 별똥별들이 고단하게 코를 골며 자고 있다
간밤에 흘리신 하느님의 눈물이
새들의 깃털에 고요히 이슬처럼 맺혀 있다

손가락 글씨

산길을 걷다가
하얗게 내린 눈 위에 오줌을 눈다
그렇게 시원할 수가 없다
오줌줄기가 유난히 굵고 세차다

다람쥐가 내 오줌 누는 모습을 보고
재빨리 상수리나무 위로 기어올라가
꼬리를 한껏 치켜세우고
오줌 누는 나를 지켜본다

나는 바지를 급히 추스른 뒤
하얗게 쌓인 눈 위에
손가락 글씨를 쓴다
다람쥐야 미안하다

새똥

어느 봄날
울다가 잠에서 깨어나
홀연히 새들의 발자국을 뒤따라갔다
발자국은 바람 부는 골목을 지나
나뭇가지를 지나
지붕도 없는 둥지 안으로 이어졌다
나는 둥지 속에 새새끼처럼 몸을 틀고 들어앉아
해질 무렵
어미새가 돌아와 벌레를 먹여주면
한껏 입을 벌려 받아먹곤 했다
그리하여 봄이 지나고
가을이 지난 뒤
나는 사람이 먹는 쌀밥을 먹고도
새똥을 누었다

자살에 대하여

창밖에 펄펄 흩날리던 눈송이가
창문 안으로 슬쩍 들어와
아무도 모르게 녹아버린다
누구의 죽음이든 죽음은 그런 것이다
굳이 나의 함박눈을 위해 장례식을 할 필요는 없다
눈발이 그치고 다시 창가에 햇살이 비치면
그때 잠시 어머니를 생각하면 된다
나도 한때 정의보다는 어머니를 사랑했으므로
나도 한때 눈물을 깨끗이 지키기 위해
눈물을 흘렸으므로
나의 죽음을 위해 굳이 벗들을 불러 모을 필요는 없다
나의 죽음이 너에게 위안이 된다면
너 이외에는 아무도 사랑하지 않았던
나의 죽음이 너에게 기쁨이 된다면
눈이 오는 날
너의 창가에 잠시 앉았다 간다

종소리

사람은 죽을 때에
한번은 아름다운 종소리를 내고 죽는다는데
새들도 죽을 때에
푸른 하늘을 향해
한번은 맑고 아름다운 종소리를 내고 죽는다는데
나 죽을 때에
한번도 아름다운 종소리를 내지 못하고
눈길에 핏방울만 남기게 될까봐 두려워라
풀잎도 죽을 때에
아름다운 종소리를 남기고 죽는다는데

안개꽃

얼마나 착하게 살았으면
얼마나 깨끗하게 살았으면
죽어서도 그대로 피어 있는가
장미는 시들 때 고개를 꺾고
사람은 죽을 때 입을 벌리는데
너는 사는 것과 죽는 것이 똑같구나
세상의 어머니들 돌아가시면
저 모습으로
우리 헤어져도
저 모습으로

봄비

어머니 장독대 위에
정한수 한그릇 떠놓고 달님에게 빌으시다
외로운 개들이 짖어대던 정월대보름
어머니 촛불을 켜놓고 달님에게 빌다가 돌아가시다
정한수 곁에 타다 만 초 한자루
우수가 지나고
봄비에 젖으시다

제 3 부

세한도

영등포역 어느 뒷골목에서 봤다고 하고
청량리역 어느 무료급식소에서 봤다고 하는
아버지를 찾아 한겨울 내내
서울을 떠돌다가
동부시립병원 행려병동으로 실려가
하루에도 몇명씩 죽어나가는 행려병자들을 보고 돌아와
늙은 소나무 한그루 청정히 눈을 맞고 서 있는
아버지의 텅 빈 방문 앞에 무릎을 꿇고 앉다
바람은 차고 달은 춥다
솔가지에 내린 눈은 더이상 아무 데도 내릴 데가 없다
젊은 날 모내기를 끝내고 찍은
아버지의 빛바랜 사진 옆에 걸려 있는
세한도 속으로
새 한마리 날아와 앉아 춥다

우물

길을 가다가 우물을 들여다보았다
누가 낮달을 초승달로 던져놓았다
길을 가다가 다시 우물을 들여다보았다
쑥떡이 든 보따리를 머리에 이고
홀로 기차를 타시는 어머니가 보였다
다시 길을 떠났다가 돌아와 우물을 들여다보았다
평화시장의 흐린 형광등 불빛 아래
미싱을 돌리다 말고
물끄러미 네가 나를 쳐다보고 있었다
나는 너를 만나러 우물에 뛰어들었다
어머니가 보따리를 풀어
쑥떡 몇개를 건네주셨다
너는 보이지 않고 어디선가
미싱 돌아가는 소리만 들렸다

성의(聖衣)

자정 넘은 시각
지하철 입구 계단 밑
냉동장미 다발이 버려져 있는
현금인출기 옆 모서리
라면박스를 깔고
아들 둘을 껴안은 채
편안히 잠들어 있는 여자
가랑잎도 나뒹굴지 않았던
지난가을 내내 어디서 노숙을 한 것일까
온몸에 누더기를 걸치고
스스로 서울의 감옥이 된
창문도 없는 여자가
잠시 잠에서 깨어나 옷을 벗는다
겹겹이 껴입은 옷을 벗고 또 벗어
아들에게 입히다가 다시 잠이 든다
자정이 넘은 시각
첫눈이 내리는
지하철역 입구

검은 민들레

봄은 왔다
다시 서울로 돌아가기에는 너무 늦었다
밤새도록 술상을 두드리던 나무젓가락처럼
청춘은 부러지고
이제 내 마음의 그림자도 너무 늙었다
사람과 사람의 그림자 사이로 날아다니던
새들은 보이지 않고
고한역은 열차도 세우지 않는다
밤새워 내 청바지를 벗기던 광원들은
다 어디로 흘러가 새벽이 되었는지
버력더미에 이슬이 내리는
눈부신 폐광의 아침
진폐증에 걸린 똥개 한마리가
기침을 하고 지나가는 단란주점 옆
피다 만 검은 민들레의
쓸쓸한 미소

나의 조카 아다다

봉천동 산동네에 신접살림을 차린
나의 조카 아다다
첫아이가 벌써 초등학교에 입학했다는 아다다의 집을
귤 몇개 사들고 찾아가서 처음 보았다
말없이 수화로 이어지는 어린 딸과 엄마
그들의 손이 맑은 시내를 이루며
고요히 나뭇잎처럼 흐르는 것을
양파를 푹푹 썰어 넣고
돼지고기까지 잘게 썰어 넣은
아다다의 순두부찌개를 먹으며
지상에서 가장 고요한 하늘이 성탄절처럼
온 방안에 가득 내려오는 것을

병원에 가서
청력검사 한번 받아보는 게 소원이었던 아다다
보청기를 끼어도 고요한 밤에
먼 데서 개 짖는 소리 정도만 겨우 들리는 아다다
대문 밖에서 초인종을 누르면

크리스마스트리의 꼬마전구들처럼
신호등이 반짝이도록 만들어놓은 아다다
불이 켜지면 아다다는 부리나케 일어나 대문을 연다

애기아빠는 타일공
말없이 웃는 눈으로 인사를 한다
그는 오늘 어느 신도시 아파트 공사장에서
타일을 붙이고 돌아온 것일까
아다다의 순두부찌개를 맛있게 먹고
진하게 설탕을 탄 커피까지 들고 나오면서
나는 어린 조카 아다다의 손을 꼭 잡았다
세상을 손처럼 부지런하게 살면 된다고
봉천동 언덕을 내려가는 동안
아다다의 손은 계속 내게 말하고 있었다

겨울한라산

맹인들이 한라산을 오른다
흰 지팡이를 짚고 눈 속을 헤쳐
한라산에 사는 백록을 만나러 간다
한란의 꽃줄기 같은 안마사 미스 김도
하모니카를 불며 하루 종일 지하철을 떠도는 김씨도
국립서울맹학교 국어교사 박선생도
한발자국 두발자국 한라산을 오른다
눈 밟는 소리가 맑다
바람을 타고 눈발이 흰 지팡이를 따라 밝게 사선을 긋는다
나는 잠시 그들의 발 아래 눈처럼 밟힌다
밟힌다는 것이 이렇게 편안한 때는 처음이다
어리목에서 내려온 노루들이 그들의 뒤를 따른다
어느새 성산포가 뒤따라 올라온다
백록이 서둘러 걸어 내려와 손을 잡는다
서귀포 앞바다가 한눈에 다 보인다

길 떠나는 소년

저녁해 지는 나주 남평역
역마당에 널린 붉은 고추에 해는 기울고
건들건들 완행열차가 숨을 멈춘다
물방개야 소금쟁이야 잘 있어라
지하철을 타고
날마다 하모니카를 불고 다닌다는
눈먼 아버지는 소식이 없고
답십리에서 파출부로 일한다는 엄마도 소식이 없어
개똥벌레야 왜가리야 잘 있어라
외할머니 몰래 나도 서울로 간다
저녁열차에 가득 햇살을 싣고
길 떠나는 소년의
외로운 가을

밤눈

막차를 타고 대치역에서 내린다
겨울은 막차보다 더 먼저 와
슬슬 밤눈으로 내린다
나는 어둠참침한 은마아파트 사잇길로 걸으며
젊은 신부에게 성체를 받아먹듯
혀를 내밀어 눈을 받아먹는다
한 소년이 가냘픈 어깨에
메밀묵 상자를 메고 내 앞을 지나간다
고개를 치켜들고 불 꺼진 창을 향해
메미일 무욱! 찹싸알 떠억! 하고 소리친다
고전적 소년이다
희뿌연 보안등 불빛 사이로 눈송이만 흩날릴 뿐
아무도 소년을 부르지 않는다
소년의 목소리만 위성방송 안테나에 걸려 사라진다
「위험한 정사」를 보는
늦은 밤의 불빛만 몇점 보일 뿐
소년의 어깨 위로 밤눈만 쌓인다

쓰레기통처럼

쓰레기통처럼 쭈그리고 앉아 울어본 적이 있다
종로 뒷골목의 쓰레기통처럼 쭈그리고 앉아
하루 종일 겨울비에 젖어본 적이 있다
겨울비에 젖어 그대로 쓰레기통이 되고 만 적이 있다
더러 별도 뜨지 않는 밤이면
사람들은 침을 뱉거나 때로 발길로 나를 차고 지나갔다
어떤 여자는 내 곁에 쪼그리고 앉아 몰래 오줌을 누고 지나갔다
그래도 길 잃은 개들이 다가와 코를 박고 자는 밤은 좋았다
세상의 모든 뿌리를 적시는 눈물이 되고 싶은 나에게
개들이 흘리는 눈물은 큰 위안이 되었다
더러 바람 몹시 부는 밤이면
또다른 고향의 쓰레기통들이 자꾸 내 곁으로 굴러왔다
배고픈 쓰레기통들이 늘어나면 날수록
나는 쓰레기통끼리 서로 체온을 나눌 수 있어서 좋았다
쓰레기통끼리 외로움을 나눌 수 있어서 좋았다

길바닥

내 집을 떠나 길바닥에 나앉은 것은
푸른 하늘을 끝없이 날던 종다리가 잠시 길바닥에 내려앉았기 때문이다
내 집을 떠나 길바닥에 나앉은 것은
봄바람에 흩날리던 민들레 꽃씨가 길바닥에 내려앉아 드디어 뿌리를 내리기 시작했기 때문이다
내 너를 떠나 기어이 길바닥에 나앉은 것은
길바닥에 나앉아 마음 놓고 우는 아이만큼 착하고 아름다운 사람을 만날 수 없었기 때문이다
내 너를 떠나 길바닥에 나앉아 밤마다 개미집에 잠드는 것은
개미집에 켜진 조그만 등불 하나가 밤새도록 밤을 밝히기 때문이다
내 길바닥에 나앉아 눈을 뒤집어쓰고 고요히 기다리는 것은
눈 내린 길바닥마다 수없이 새들의 발자국을 찍고 싶기 때문이다

새벽김밥

먼동이 튼다
나뭇잎 사이로 햇살이 눈부시다
누가 나뭇잎을 향해 오체투지를 하나보다
한석봉은 아직도 나뭇잎에다 글씨를 쓰고 있다고
너도 열심히 나뭇잎에다 글씨를 쓰면서 살아가라고
돌아가신 어머니는 아직도 눈물로 말씀하시고
새벽종소리가 들린다
종소리 사이로 햇살이 눈이 부시다
누가 종소리를 향해 오체투지를 하나보다
나는 이제 산 아래 칼을 버리고
태어나자마자 버려졌던 길을 향해 떠난다
어머니가 싸주신 새벽김밥을 들고
또다시 길 위에 버려지기 위해

나의 혀

한때는 내 혀가
작설이 되기를 바란 적이 있었으나
가난한 벗들의
침묵의 향기가 되기를 바란 적이 있었으나
우습도다
땀 흘리지 않은 나의 혀여
이제는 작살이 나기를
작살이 나 기어가다가
길 위에 눈물이나 있으면 몇방울 찍어 먹기를
달팽이를 만나면 큰절을 하고
쇠똥이나 있으면 핥아먹기를
저녁안개에 섞여 앞산에 어둠이 몰려오고
어머니가 허리 굽혀 군불을 땔 때
여물통에 들어가 죽음을 기다리기를
내 한때 내 혀가
진실의 향기가 되기를 바란 적이 있었으나

산낙지를 위하여

신촌 뒷골목에서 술을 먹더라도
이제는 참기름에 무친 산낙지는 먹지 말자
낡은 플라스틱 접시 위에서
산낙지의 잘려진 발들이 꿈틀대는 동안
바다는 얼마나 서러웠겠니
우리가 산낙지의 다리 하나를 입에 넣어
우물우물거리며 씹어 먹는 동안
바다는 또 얼마나 많은
절벽 아래로 뛰어내렸겠니
산낙지의 죽음에도 품위가 필요하다
산낙지는 죽어가면서도 바다를 그리워한다
온몸이 토막토막난 채로
산낙지가 있는 힘을 다해 꿈틀대는 것은
마지막으로 한번만 더
바다의 어머니를 보려는 것이다

겨울잠자리

진눈깨비가 슬슬 내리는 강기슭 마른 갈대 끝에 앉아
엄마! 하고 소리치는 아이들의 소리를 듣고도
가는실잠자리는 어쩌지 못했던 것이다
살얼음이 살짝 언 겨울강을 건너다가
아이들 몇명이 강물에 빠져 허우적거리는 것을 보고도
가는실잠자리는 오직 갈대 끝에 앉아 파르르 날개만 떨고 있었던 것이다
지난해 가을의 어느 푸른 날처럼 신나게 저공비행을 하면서
아이들의 손을 힘차게 잡아 끌어올리고 싶었으나
그만 차가운 바람에 떨며 갈댓잎만 몇번 흔들고 말았던 것이다
진눈깨비를 맞으며 낚싯배를 타고 강 깊숙이
죽은 아이들의 시체를 찾던 사람들이
시체를 찾다 말고 하나둘 강가에 모닥불을 피워놓고
새우깡을 안주 삼아 몇차례 소주잔을 돌리는 것을 보고
가는실잠자리는 몇번이고 실 같은 꼬리만 도르르 말아 올렸던 것이다

더러 담배꽁초를 강물에 내던지거나
말없이 소주만 연거푸 들이켜는 남자들 곁에 퍼지르고 앉아
여자들은 아이들의 이름을 부르며 자꾸 울음을 터뜨려
가는실잠자리는 그만 죽고 싶은 심정이었던 것이다
겨우내 온몸에 친친 감았던 햇살을 풀어
잠시 여자들의 목에 목도리인 양 걸어주는 일 외에는
탁탁탁 불똥이 튀는 모닥불 위로
스스로 몸을 던지는 진눈깨비를 물끄러미 바라보는 일 외에는
아무것도 할 수가 없어 가는실잠자리는 슬펐던 것이다

가을폭포

술을 마셨으면 이제 잔을 놓고 가을폭포로 가라
가을폭포는 낙엽이 질 때마다 점점 더 깊은 산 속으로 걸어 들어가
외로운 산새의 주검 곁에 누워 한점 첫눈이 되기를 기다리나니
술이 취했으면 이제 잔을 놓고 일어나 가을폭포로 가라
우리의 가슴속으로 흐르던 맑은 물소리는 어느덧 끊어지고
삿대질을 하며 서로의 인생을 욕하는 소리만 어지럽게 흘러가
마음이 가난한 물고기 한마리
폭포의 물줄기를 박차고 튀어나와 푸른 하늘 위에 퍼덕이나니
술이 취했으면 이제 잔을 놓고 가을폭포로 가서 몸을 던져라
곧은 폭포의 물줄기도 가늘게 굽었다 휘어진다
휘어져 굽은 폭포가 더 아름다운 밤
초승달도 가을폭포에 걸리었다

목련은 피고

목련은 피고 아들은 죽었다
진홍가슴새의 가슴에 피가 흐른다
흰나비 한마리가 눈물을 떨구고 간다
나는 고속도로 분리대 위에 쓰러져 잠이 든다
술 취한 마음은 찢겨져 갈기갈기 도마뱀처럼 달아나고
고맙게도 새벽에는 봄비가 내린다
아들은 잡놈이었다
봄비를 맞으며 서둘러 서울로 도망간
무엇을 위하여 죽어야 할 줄도 모르고 죽은
아들은 잡놈이었다
꽁초를 찾아 불을 붙인다
고속도로 분리대 위에 다시 드러눕는다
사람들은 쓸쓸하지 않으면 담배를 피우지 않는다
이제 내 가슴에 아들을 묻을 자리는 없으나
아버지는 항상 아들을 용서해야 한다
비는 그치고 고속도로는 안개에 싸인다
낡은 트럭이 푸성귀 몇점을 떨어뜨리고 달아난다

아버지들

아버지는 석달치 사글세가 밀린 지하셋방이다
너희들은 햇볕이 잘 드는 전셋집을 얻어 떠나라
아버지는 아침 출근길 보도 위에 누가 버린 낡은 신발 한
짝이다
너희들은 새 구두를 사 신고 언제든지 길을 떠나라
아버지는 페인트칠할 때 쓰던 낡고 때 묻은 목장갑이다
몇번 빨다가 잃어버리면 아예 찾을 생각을 하지 말아라
아버지는 포장마차 우동 그릇 옆에 놓인 빈 소주병이다
너희들은 빈 소주병처럼 술집을 나와 쓰러지는 일은 없도
록 하라
아버지는 다시 겨울이 와서 꺼내 입은 외투 속에
언제 넣어두었는지 모르는 동전 몇닢이다
너희들은 그 동전마저도 가져가 컵라면이라도 사 먹어라
아버지는 벽에 걸려 있다가 그대로 바닥으로 떨어진 고장
난 벽시계다
너희들은 인생의 시계를 더이상 고장 내지 말아라
아버지는 동시상영하는 삼류극장의 낡은 의자다
젊은 애인들이 나누어 씹다가 그 의자에 붙여놓은 추잉껌

이다

너희들은 서로가 서로에게 깨끗한 의자가 되어주어라
아버지는 도시 인근 야산의 고사목이다
봄이 오지 않으면 나를 베어 화톳불을 지펴서 몸을 녹여라
아버지는 길바닥에 버려진
붉은 단팥이 터져 나온 붕어빵의 눈물이다
너희들은 눈물의 고마움에 대하여 고마워할 줄 알아라
아버지는 지하철을 떠도는 먼지다
이 열차의 종착역이다
너희들은 너희들의 짐을 챙겨 너희들의 집으로 가라
아버지는 이제 약속할 수 없는 약속이다

약현성당

서울역을 떠돌던 부랑자 한 사람이
중림동 약현성당 안으로 기어들어와
커튼에 라이터를 켜대었을 때
성당이 불길에 휩싸였을 때

불이야!
봄을 기다리던 제비꽃이
땅 속에서 소리쳤다

아무리 소리쳐도 성모님은
가만히 불길을 보고만 있었다
천장이 뚫리고 종탑이 무너져내려도
성모님은 그대로 가만히 있었다

불이 꺼진 뒤
무너진 종탑을 바라보며 사람들은
성당을 찾아온 부랑자들에게
애초부터 밥을 해주지 말아야 했다고

미사를 드렸다

그때 제비꽃은 들을 수 있었다
무너진 종탑에서 울리는 성당의 종소리를
그들을 미워하지 말자
그들을 돌보지 못한 우리의 책임이 크다고 울리는
성당의 종소리를

오병이어(五餠二魚)

소나기가 퍼부은 날이었다
서울역광장에 물고기 두마리가 떨어져 퍼득거렸다
누가 놓고 갔는지
따뜻한 보리떡 다섯개도 바구니에 담겨 있었다
낡은 비닐봉지처럼 이리저리 쓸리던 행려자들이
신발이 벗겨지는 줄도 모르고 우르르 달려들었다
서울역은 그대로 밥상이 되었다
햇볕은 뜨거웠으나 물고기는 줄지 않았다
아무리 먹어도 보리떡도 줄지 않았다
밤이 되자 서울역 시계탑에 걸린
배고픈 초승달도 길게 줄을 서서
떡과 물고기를 얻어먹었다
유난히 달빛이 시원한 밤이라고 사람들은 떠들어대었다
그 뒤 해마다 여름이면 한차례씩
서울역광장에 소나기가 퍼부었다
소나기를 맞으며 밥과 국을 담은 들통을 들고
부리나케 수녀님들이 달려오면
밤 깊은 서울역지하도 행려자 무료급식소에
밤새도록 무지개가 떠서 아름다웠다

마더 테레사 수녀의 미소

여든일곱 생신을 맞아
인도 콜카타 사랑의 선교회 본부 건물 발코니에 나와
몰려든 축하객들에게 두 손을 모으고 답례하는
마더 테레사 수녀의 웃는 사진이
동아일보 일면 머리기사로 나왔다
나는 아침밥을 먹다가 그 사진을
몇번이나 들여다보았다
테레사 수녀의 그 웃음이
합죽한 입가에 번진 수줍은 그 미소가
아흔에 돌아가신 내 경주할머니의 미소 같아서
평생을 첨성대 앞 채마밭에서 김을 매시던
반월성 들판에서 쑥을 캐시던
외할머니의 맑은 미소 같아서
그 사진 정성스럽게 오려놓았다
시를 쓰는 내 책상 앞에 붙여놓았다
진정한 사랑에는 고통이 따른다는
상처 입을 때까지 사랑하는 것을 두려워하지 말라는
사랑은 어느 계절에나 열매 맺을 수 있다는
그분의 말씀 다시 한번 떠올리면서

서울의 성자

오늘도 내가 남보다 불행하다고 생각하는 사람들은
지금 당장 서울 지하철 교대역으로 가보십시오
이 세상에서 자기만이 불행하다고 생각하는 사람들은
서울의 교대역에 모이는 맹인들을 찾아가보십시오
어둠침침한 지하철정거장 통로 끝
낡은 비닐가방 속에 손을 넣고 백원짜리 동전을 헤아리거나
혹시 누가 볼세라 역 기둥에 몸을 숨기고
물도 없이 꾸역꾸역 김밥을 먹고 있거나
손수건을 꺼내 정성들여 하모니카를 닦고 있거나
검은 색안경을 낀 채 흰 지팡이를 짚고 꾸부정하게 서서
열차를 기다리는 서울의 성자
그들을 찾아가 위안을 얻으십시오
찬 먼지바람을 맞으며 김밥을 다 먹고
차례대로 구파발행 전동차에 몸을 싣는
더듬더듬 흰 지팡이를 두드리며 하모니카를 다시 부는
하모니카를 불다가 그대로 외로운 하모니카가 되어버리는
위안의 성자
그들을 찾아가 큰 위안을 얻으십시오

제 4 부

불국사

가마솥에 낙엽을 넣어 국을 끓인다
그 국을 나누어 먹고 보름달을 바라본다
죽은 아들 앞에 엎드려 절을 하고 돌아선다
청운교 백운교 건너가면 사람 사는 세상인가
대웅전 앞마당에도 보름달은 떠 있는지
다보탑 돌사자가 홀로 짖는다

첫편지

너는 왔으나 오지 않았다
너는 갔으나 가지 않았다
산새가 지나간 눈길을 걸어
밤새껏 허적허적 발자국도 없이
너는 왔으나 오지 않았다
너는 갔으나 가지 않았다

보길도에서

내가 마신 물이 피가 되지 않을 때
내가 흘린 피가 물이 되지 않을 때
세연정 동백꽃은 한순간에 뚝 뚝
모가지를 놓아버리고
나는 정신없이 동백꽃을 주워 먹었다

새벽에

새벽에 별 하나 스러진다
새벽에 별 둘 스러진다
산 너머 새벽하늘에 모든 별들이 스러진다
새벽하늘에 스러진 저 별들처럼
지구는 사라져 보이지 않는다
길 위에 꽃은 피었다 지고
새들은 별똥처럼 똥을 누고 가고
돌아가신 어머니는 다시 태어나는데
나는 어디로 가나
어느 별에 가서
너를 만나나

사랑하게 되면

누구를 사랑하게 되면
먼저 나무에게 달려가 사랑한다고 말하라
누구를 사랑하게 되면
먼저 나뭇가지에 앉은 새들에게 달려가
사랑한다고 말하라
누구에게 사랑한다고 말하기 전에
오랫동안 나무를 바라보고
나무 위를 기어오르는 개미와 눈맞춤을 하고
밤새워 새들의 어머니와 이야기하라
그래도 누구를 사랑하게 되면
죽은 나뭇가지에 꽃이 피고
새들이 꽃을 입에 물고 하늘을 날 때
비로소 사랑한다고 말하라

쓸쓸하다

서울에는 사람의 얼굴을 한 개보다
개의 얼굴을 한 사람이
더 많이 걸어다닌다
사람의 똥을 누는 개보다
개의 똥을 누는 사람이
더 많이 밥을 먹는다
고향으로 가는 기차가 철커덩철커덩 지나간 뒤
한강철교 위로 초승달 뜨면
서울에 사는 개들은 모두 쓸쓸하다
개의 마음속에 있는 부처님보다
사람의 마음속에 있는 부처님이 더
쓸쓸하다

아버지의 편지

너희는 눈부신 햇살이 되라
두려워하지 않는 화살이 되라
무릎을 꿇지 말고 당당히
새벽거리를 걸어가는 북풍이 되라
날개를 꺾지 않는 새들이 되라

너희는 먼동이 트는 새벽이 되라
눈물 없는 세상을 만들기 위해
볏단처럼 쓰러져간 벗들을 위해
벗들의 맑고 슬픈 눈동자를 위해
기다리는 자의 새벽별이 되라
새벽의 고요한 눈길이 되라

밤을 밝히는 자에게만 새벽은 찾아오고
바라보는 자에게만 별들은 빛나나니
떠나온 곳 돌아보면 갈 길은 멀고
다시 가야 할 곳 어둠의 끝일지라도
너희는 저 푸른 보리밭의 청보리가 되라
끝끝내 두려워하지 않는 화살이 되라

오빠

이효석의 메밀밭에
메밀꽃으로나 피었으면
나귀는 죽어 지나가지 않아도
굳이 강원도 봉평 어디 아니더라도
사랑하는 오빠의 가슴 밭에
하얗게 소금 뿌린 듯
소금 뿌린 듯
보름날 메밀꽃으로나 피어났으면
달빛 아래 한평생
메밀씨나 뿌렸으면

잠들기 전에 하는 작은 기도

내가 배고플 때는
나보다 더 배고픈 자를 생각하라
내가 외로울 때는
나보다 더 외로운 자를 생각하라
누가 나를 사랑할 때는
내가 헌 신발처럼 버린 친구를 먼저 생각하고
누가 나를 배반할 때는
내가 배반했던 불쌍한 아버지를 먼저 생각하라
그리하여 잠들기 전에 항상
나의 불행을 먼저 사랑하라
남의 불행이 나에게 위안이 되듯
나의 불행도 누군가에게 간절한 위안이 된다
오늘밤에는
남의 불행이 나를 위로하는 일보다
나의 불행이 남을 위로하는 일이 더
많아지기를

너의 창에게 바란다

너의 창에는 언제나
불이 켜져 있길 바란다
너의 창에 불이 켜져 있는 한
눈은 내리고
누군가가 너의 창 앞에
가난한 눈사람을 세워둘 것이다

너의 창에 켜진 불빛은
언제나 따스하길 바란다
길 잃은 거지 한 사람
너의 불빛을 이불 삼아
밤새도록 잠을 잘 수 있도록

너의 창에는 언제나
눈이 내리길 바란다
불빛이 따스한 창가에 내리는
눈송이처럼
한순간
아름답게 살 수 있도록

첫눈

첫눈에 반했다
첫눈이 내렸다

첫눈이 내렸다
첫눈에 반했다

엽서

은행잎 떨어지는 가을밤에
은행나무 가지에 걸린 별 하나 따서
만지작거리다가
편지봉투에 넣어 너에게 보냈는데
받아보았는지 궁금하다

연애편지

내 죽기 전에
봄이 오면
꼭 한번 해야 할 일은
동백이나
백목련 꽃잎에 쓴 연애편지를
우체국에 가서
부치고 오는 일이다

쓰지 않은 일기

네가 보고 싶을 때는
너를 보고 싶어하는 일밖에 할 수가 없어
네가 그리울 때는
너를 그리워하는 일밖에 할 수가 없어
너를 기다릴 때는
너를 기다리는 일밖에 할 수가 없어
너를 사랑할 때는
너를 사랑하는 일밖에 할 수가 없어
너를 증오할 때는
끝끝내 너를 증오하는 일밖에 할 수가 없어
나는 오늘도 잠들지 못한다

길

나 돌아갈 수 없어라
너에게로
그리운 사람들의 별빛이 되어
아리랑을 부르는 저녁별 되어
내 굳이 너를 마지막 본 날을
잊어버리자고
하얀 손수건을 흔들며
울어보아도
하늘에는 비 내리고
별들도 길을 잃어
나 돌아갈 수 없어라
너에게로

친구에게

젖은 우산을 접듯
그렇게 나를 접지 말아줘
비 오는 날
밤늦게 집으로 돌아와
뚝뚝 물방울이 떨어지는 우산을 그대로 접으면
젖은 우산이 밤새워 불을 지피느라
그 얼마나 춥고 외롭겠니
젖은 우산을 활짝 펴
마당 한가운데 펼쳐놓듯
친구여
나를 활짝 펴
그대 안에 갖다놓아줘
풀향기를 맡으며
햇살에 온몸을 말릴 때까지
그대 안에 그렇게

첫눈 오는 날 만나자

첫눈 오는 날 만나자
어머니가 싸리빗자루로 쓸어놓은 눈길을 걸어
누구의 발자국 하나 찍히지 않은 순백의 골목을 지나
새들의 발자국 같은 흰 발자국을 남기며
첫눈 오는 날 만나기로 한 사람을 만나러 가자

팔짱을 끼고
더러 눈길에 미끄러지기도 하면서
가난한 아저씨가 연탄 화덕 앞에 쭈그리고 앉아
목장갑 낀 손으로 구워놓은 군밤을
더러 사먹기도 하면서
첫눈 오는 날 만나기로 한 사람을 만나
눈물이 나도록 웃으며 눈길을 걸어가자

사랑하는 사람들만이 첫눈을 기다린다
첫눈을 기다리는 사람들만이
첫눈 같은 세상이 오기를 기다린다
아직도 첫눈 오는 날 만나자고 약속하는 사람들 때문에

첫눈은 내린다
세상에 눈이 내린다는 것과
눈 내리는 거리를 걸을 수 있다는 것은
그 얼마나 큰 축복인가

첫눈 오는 날 만나자
첫눈 오는 날 만나기로 약속한 사람을 만나
커피를 마시고
눈 내리는 기차역 부근을 서성거리자

풀잎에도 상처가 있다

풀잎에도 상처가 있다
꽃잎에도 상처가 있다
너와 함께 걸었던 들길을 걸으면
들길에 앉아 저녁놀을 바라보면
상처 많은 풀잎들이 손을 흔든다
상처 많은 꽃잎들이
가장 향기롭다

풀잎소리

나의 혀에는 칼이 들어 있지 않다
나의 혀에는 풀잎이 들어 있다
내가 보고 싶은 당신의 이름을 부를 때마다
바람에 스치는 풀잎소리가
풀잎 하고 난다

낙엽

내 가는 길을 묻지 마세요
왜 울고 가느냐고 묻지 마세요
언제 다시 돌아오느냐고도 묻지 마세요
겨울이 가고 또 가을이 가면
언젠가는 그대 실뿌리 곁에
살며시 살며시 누워 있겠어요

제비

돌아와줘서 고맙다
다시는 네가 안 오는 줄 알았다
그동안 어디 아프지는 않았는지
그 먼 곳 어디까지 갔다 왔는지
아직 봄비는 내리지 않았다

네가 말없이 훌쩍 떠나버렸을 때
얼마나 섭섭했는지
그동안 내가 보낸 편지는 받아보았는지
답장이 없어 너의 빈 둥지에
늘 촛불을 켜놓고 기다렸다

그렇다
기다림은 우리를 견디게 하고
헤어짐은 우리를 만나게 한다
아직 우리들의 방은 따뜻하다
애벌레 같은 봄비도
이제 곧 내릴 것이다

봄기차

봄날 서울에서
여수행 기차를 타면
여수역에 도착했는데도 기차가 멈추지 않고
그대로 바다를 향해 달린다
객실마다 승객들이 환하게
동백꽃으로 피어나
여수항을 지나
오동도를 지나
수평선 위로 신나게 달린다
기차가 동백꽃이 되어버린다

산정호수

하늘에서
별 하나 떨어져
산정에 호수 하나 만들었습니다
산을 오르던
개미 한마리
그 호숫가에 집을 짓고
평생
별을 바라봅니다

불일폭포

폭포에 나를 던진다
내가 물방울이 되어 부서진다
폭포에 나를 던진다
갑자기 천지의 물소리가 그치고
무지개가 어린다
무지개 위에
소년부처님 홀로 앉아
고요히 웃으신다

보름달

밤이 되면
보름달 하나가
천개의 강물 위에
천개의 달이 되어
떠 있다

나도 지금
너를 사랑하는 보름달이 되어
천개의 강물 위에
천개의 달이 되어
떠 있다

| 해설 |

불빛이 따스한 창가에 내리는 눈송이처럼

유성호

1. 자기심화의 길을 걸어온 시인

정호승 시집 『외로우니까 사람이다』(초판 열림원 1998)가 창비에서 개정증보판으로 출간되었다. 처음 이 시집이 세상에 고개를 내민 것이 1998년이니 20여년 저편에서 발화된 시인의 따듯하고 정갈하고 정제된 목소리가 '지금 여기'에도 여전한 서정적 명품으로 다가오는 순간을 보고 있다 할 것이다. 특별히 같은 시기에 쓴 미발표작을 더한 데다 '어른이 읽는 동시'로 선보였던 시집 『풀잎에도 상처가 있다』(열림원 2002)에서 일부 작품을 뽑아 제4부에 수록함으로써 이번 개정증보판은 '외로움-상처'를 근거로 하는 인간 보편의 실존에 대한 정호승 시의 완결판을 보여주는 듯하다. 이로

써 우리는 다시 한번 독자들을 위안과 희망의 차원으로 이끌어가는 정호승 시 특유의 친화력과 호소력을 만나게 될 것이다. 그렇다면 정호승 시의 주류적 속성은 무엇일까? 그것은 존재론적 슬픔, 소외된 이웃에 대한 관심, 삶을 긍정하는 믿음, 성스러움의 발견, 자연으로부터 길어 올리는 근원적 사랑 등이다. 물론 이러한 정호승 시의 미적 범주들은 그의 이름으로 이미 문학사의 일부가 된 감이 없지 않다. 그러한 지향을 세상에 각인한 첫 시집 『슬픔이 기쁨에게』(창작과비평사 1979) 이후 그의 시는 반세기 가까운 세월 동안 이 미덕들을 점진적으로 변형·진척시켜왔기 때문이다. 그 점에서 정호승은 자신이 구축해온 세계를 새롭게 갱신하거나 전략적으로 수정하기보다는, 제재의 외연을 넓히며 그것을 더욱 깊이 해석하고 형상화하는 방법에서 첨예한 진화를 이룸으로써 꾸준한 자기심화의 길을 걸어온 시인인 셈이다.

2. 실존적 근거로서의 '눈물'과 '외로움'

정호승의 시를 읽어보면 누구나 그 슬픔의 편재성에 공감하게 된다. 물론 그의 시에 착색되어 있는 슬픔은 격정적 비극성이나 감정 과잉의 감상성을 동반하지 않는다. 오히려 그것은 차분하고 관조적인 자기성찰적 성격이나 타자들을 향한 연민의 성격을 띠고 있어서, 우리는 그 슬픔을 인간 존재를 향한 시인의 가없는 사랑의 반영으로 읽게 된다. 따라서 그 슬픔은 인간 보편의 존재 조건으로 우리에게 다가오고, 사랑 역시 인간과 인간 사이에 개재하는 친화적 정서나 행위를 총체적으로 표상하게 된다. 그 점에서 정호승 시에 나오는 인물들이 한결같이 슬픔의 분위기를 간직하고 있고 사랑을 필요로 한다는 점은 전혀 이상할 게 없다. 물론 그들이 특정 계층의 경험적 동질성을 공유하는 민중들임에는 틀림없지만, 일단 그의 작품 안으로 들어오면 가장 일반적이고 존재론적인 보편 인간으로 서서히 몸을 바꾸어간다. 그래서 사회적 차원의 문제를 노래할 때조차 정호승의 시는 보편적이고 낭만적인 관조의 성향을 띠게 되는 것이다. 이번 시집은 정호승 시학의 이러한 일관된 속성을 풍부하게 재현하는 동시에 심화하는 사례다. 그 가운데 가장 먼저 눈에 띄는 다음 작품은 정호승 시의 존재론적 수원(水源)이 '그늘'이나 '눈물'임을 알려주는 그의 대표작 가운데 한편이다.

나는 그늘이 없는 사람을 사랑하지 않는다
나는 그늘을 사랑하지 않는 사람을 사랑하지 않는다
나는 한그루 나무의 그늘이 된 사람을 사랑한다
햇빛도 그늘이 있어야 맑고 눈이 부시다

나무 그늘에 앉아
나뭇잎 사이로 반짝이는 햇살을 바라보면
세상은 그 얼마나 아름다운가

나는 눈물이 없는 사람을 사랑하지 않는다
나는 눈물을 사랑하지 않는 사람을 사랑하지 않는다
나는 한방울 눈물이 된 사람을 사랑한다
기쁨도 눈물이 없으면 기쁨이 아니다
사랑도 눈물 없는 사랑이 어디 있는가
나무 그늘에 앉아
다른 사람의 눈물을 닦아주는 사람의 모습은
그 얼마나 고요한 아름다움인가

—「내가 사랑하는 사람」 전문

이 작품에서 시인의 사랑은 누군가가 드리운 '그늘'을 향한다. 그늘이 없거나 타자의 그늘을 발견 못하는 이들을 그 사랑은 훌쩍 비껴간다. 시인은 누군가의 '그늘'이 되어주는 이들을 사랑한다. 햇빛도 그늘의 역상(逆像)으로 존재할 때 비로소 눈부시게 맑은 것이고, "나무 그늘"에서 "나뭇잎 사이로" 빛을 뿌리는 햇살을 바라볼 때 세상은 가장 아름다울 것이기 때문이다. 마찬가지로 시인은 '눈물'이 인간실존의 가장 아름다운 근거라고 믿음으로써 누군가의 눈물이 되어준 사람을 자신은 사랑한다고 고백한다. 눈물이 뒷받침된 기쁨만이 참 기쁨이고 나무 그늘에 앉아 다른 사람의 눈물을 닦아주는 사람이 가장 고요한 아름다움을 지녔다고 노래하는 것이다. 그러니 "눈물 없는 사랑이 어디" 있겠는가. 작품의 제목은 '내가 사랑하는 사람'이지만 이는 어느새 '시인 정호승'을 고스란히 닮아간다. 그렇게 시인은 자신의 시와 삶과 어떤 아름다움의 기운을 모두 얹어 '그늘'과 '눈물'의 아름다움을 노래해간다.

바위도 하나의 눈물이었지요
눈물도 하나의 바위였지요
어느날 당신이 나를 떠난 후
나의 손을 영영 놓아버린 후
나는 또 한송이 석련으로 피어났지요
당신을 향한 연꽃으로 피어났지요

—「석련(石蓮)」 부분

하늘에 계신 누님의 눈물 같아서
하늘에 계신 어머님의 눈물 같아서

—「우박」 부분

떨어지는 별똥별을 바라보는 순간에
내가 너의 눈물을 생각하는 줄
넌 모르지

내가 너의 눈물이 되어 떨어지는 줄
넌 모르지

—「별똥별」 부분

이러한 '눈물'의 연쇄를 통해 정호승 시는 슬픔의 에너지를 연꽃으로 피어나게끔 해주고, 누님이나 어머님의 상상적 출현을 가능하게 해주고, 별똥별의 잔상을 우리로 하여금 기억하게 해준다. 가장 투명하고 아름다운 존재론적 결정(結晶)으로서의 '눈물'이라는 이미지가 한국 시문학사에서 지속적이고 심화된 형상을 얻고 있는 또렷한 장면들이 아닐 수 없다. 다음은 어떠한가.

울지 마라
외로우니까 사람이다
살아간다는 것은 외로움을 견디는 일이다
공연히 오지 않는 전화를 기다리지 마라
눈이 오면 눈길을 걸어가고
비가 오면 빗길을 걸어가라

갈대숲에서 가슴검은도요새도 너를 보고 있다
가끔은 하느님도 외로워서 눈물을 흘리신다
새들이 나뭇가지에 앉아 있는 것도 외로움 때문이고
네가 물가에 앉아 있는 것도 외로움 때문이다
산 그림자도 외로워서 하루에 한번씩 마을로 내려온다
종소리도 외로워서 울려 퍼진다

—「수선화에게」 전문

시집 제목이 숨겨져 있는 이 유명한 작품은 '울음'과 '외로움' 사이의 불가피한 연관성에 대한 근본적 물음을 제기한다. 시인은 인간의 실존적 운명을 감싸 안고 있는 것으로 '외로움'을 든다. 그러니 외로움 때문에 울음이 생겨날 필요는 없다. 외로움의 근원은 존재 자체에 있기 때문이다. 삶이란 그저 외로움과 벗하며 외로움을 견디는 일인 셈이다. 누군가와의 접촉을 통해 외로움에서 벗어나려 하지 말고 그저 눈이 오면 눈길을 걷고 비가 오면 빗길을 걷듯이 외로움을 양식 삼아 살아가라고 시인은 권면한다. 갈대숲의 "가슴검은도요새"나 심지어 "하느님"도 외로움에서 예외가 아니기 때문이다. 결국 정호승은 세상 뭇 생명의 움직임이 외로움 때문에 가능한 것이고 "산 그림자도 외로워서 하루에 한번씩 마을로" 내려오고, "종소리도 외로워서" 사방으로 번져간다고 한다. 그만큼 외로움은 사람으로부터 가슴검은도요새, 하느님, 새들, 산 그림자, 종소리에 이르기까지 끊임없이 확장되어간다. 다가가려 할 때마다 사라져버리는 외로운 사랑의 주인공 나르키소스를 배경 이야기로 삼고 있는 "수선화"를 청자로 삼음으로써 이러한 외로움의 필연성은 점증되며, 그래서 시인은 "누구나 가슴속에 하나씩 절벽은 있다/언젠가는 기어이 올라가야 할/언젠가는 기어이 내려와야 할/외로운 절벽이 하나씩 있다"(「절벽에 대한 몇가지 충고」)라고도 노래했을 것이다. 이처럼 인간 보편의 실존적 근거로서의 '그늘'과 '눈물'과 '외로움'을 정호승 시는 정성스럽게 담아간다.

3. 나뭇잎을 닦아주고 지붕을 짓지 않는 뜻

정호승 시의 실천 가운데 가장 예각적으로 두드러지는 것은 근대의 정점에서 초래된 정신적·윤리적 폐허 상태에 대한 근원적 반성일 것이다. 동시에 자기중심적 삶의 무의미함을 넘어 대상을 향한 돌봄과 사랑의 힘이 얼마나 필요한지를 알리는 시적 지남(指南)의 한 표징을 충실하게 보여준 점일 것이다. 정호승 시의 이러한 고전적인 성찰의 태도야말로 그의 시를 우리의 시선에서 벗어나지 못하게 하는 가장 근원적인 에너지가 아닐까 한다. 그가 대상에 대한 지극

한 연민의 순간을 토로하는 일도 이러한 에너지가 외화(外化)하는 순간일 것이다. 이때 우리는 정호승만의 서정적 감응력이 자연 사물들을 만나면서 이루어내는 풍요롭고 따듯한 풍경을 경험하게 된다. 그것은 스스로〔自〕 그러함〔然〕의 세계를 옹호하고 그 기운을 인간의 삶에도 끼치고자 하는 그의 시선과 필치가 밝은 빛을 발하는 순간이다.

저 소나기가 나뭇잎을 닦아주고 가는 것을 보라
저 가랑비가 나뭇잎을 닦아주고 가는 것을 보라
저 봄비가 나뭇잎을 닦아주고 기뻐하는 것을 보라
기뻐하며 집으로 돌아가 고이고이 잠드는 것을 보라
우리가 나뭇잎에 앉은 먼지를 닦는 일은
우리 스스로 나뭇잎이 되는 일이다
우리 스스로 푸른 하늘이 되는 일이다
나뭇잎에 앉은 먼지 한번 닦아주지 못하고 사람이 죽는다면
사람은 그 얼마나 쓸쓸한 것이냐

—「나뭇잎을 닦다」 전문

소나기나 가랑비는 나뭇잎을 닦아주고 사라져간다. 봄비는 나뭇잎을 닦아주고 기뻐한다. 그 기쁨함에 자연 사물들끼리의 호혜적 관계가 놓인다. 심지어 봄비는 그 기쁨을 마

음에 담고 집으로 돌아가 편히 잠든다. '소나기-가랑비-봄비'의 계열체는 마치 눈물을 닦아주듯 나뭇잎을 닦아주면서 스스로의 존재증명을 수행한다. 그렇듯 우리도 스스로 나뭇잎이 되고 푸른 하늘이 되어 "나뭇잎에 앉은 먼지를 닦는 일"을 해가야 한다. 봄비가 한 일도 해내지 못하고 사라진다면 그 얼마나 쓸쓸한 일이겠느냐고 시인은 묻는다. 이처럼 나뭇잎을 닦아주는 것은 사물들과 만나 서로 감응하는 순간이기도 하고, 상호의존적인 존재방식을 구현하는 뭇 생명들의 존재론을 구축하는 순간이기도 할 것이다. 시인은 "우리가 나뭇잎 사이로 걸어가지 않고/어떻게 눈물이 햇살이 되겠는가/어떻게 상처가 잎새가 되겠는가"(「나뭇잎 사이로」)라고 노래했는데, 그것은 결국 '나뭇잎 사이'를 걸어가면서 눈물과 상처를 햇살과 잎새로 만들어가는 생명 지향의 노래로 펼쳐진다.

새들은 지붕을 짓지 않는다
잠이 든 채로 그대로 눈을 맞기 위하여
잠이 들었다가도 별들을 바라보기 위하여
외롭게 떨어지는 별똥별들을 위하여
그 별똥별을 들여다보고 싶어하는 어린 나뭇가지들을
위하여
새들은 지붕을 짓지 않는다

가끔은 외로운 낮달도 쉬어가게 하고
가끔은 민들레 꽃씨도 쉬어가게 하고
가끔은 인간을 위해 우시는 하느님의 눈물도 받아둔다
누구든지 아침에 일찍 일어나 새들의 집을 한번 들여다보라
간밤에 떨어진 별똥별들이 고단하게 코를 골며 자고 있다
간밤에 흘리신 하느님의 눈물이
새들의 깃털에 고요히 이슬처럼 맺혀 있다

—「새들은 지붕을 짓지 않는다」 전문

이번에는 새들을 불러왔다. 아닌 게 아니라 '꽃'과 '나무'와 '새'는 정호승 시의 뚜렷한 식솔들이자 스스로 실질적인 목소리를 발하는 주인공들이기도 하다. 시인은 새들이 지붕을 짓지 않는 것이 잠이 든 채 눈을 맞고, 잠이 들어도 별을 바라보고, 외롭게 떨어지는 별똥별을 들여다보고자 하는 마음 때문이라고 쓴다. 또한 새들은 별똥별을 보고 싶어하는 어린 나뭇가지들을 위해 지붕을 짓지 않는다. 여기서 새들이 맞아들이는 '눈-별-별똥별-나뭇가지'는 한결같이 외롭고 높고 쓸쓸한 존재자들이다. 이어서 시인은 새들이 낮달이나 민들레 꽃씨도 쉬어가게 하고, 하느님의 눈물도 받아두기 위해 '지붕'이라는 차폐물을 걷어치운 것이라고 쓴다.

아침 일찍 일어나 새집을 들여다보면 간밤에 떨어진 별똥별과 새의 깃털에 이슬처럼 고요하게 맺힌 하느님의 눈물을 볼 것이라고 함으로써 정호승 시는 이제 생태적 사유의 최전선에 선다. 새들이 지붕을 짓지 않는 것은 그네들의 생리나 습관 차원이 아니라 호혜적이고 상호의존적인 생태적 비전에 그 까닭이 있다고 선언한 것이다. 정호승의 이러한 고조곤한 선언이 "바다에 한쪽 어깨를 지친 듯이 내어준 저 소나무의 마음"(「정동진」)처럼, 나뭇잎을 닦아주고 지붕을 짓지 않는 뜻과 함께 시집 가득 출렁이고 있지 않은가.

4. 수직의 그리움과 수평의 사랑

그런가 하면 정호승은 존재론적 기원의 형상을 따뜻하게 품어 안는다. 시인은 현재의 시선과 과거의 영상을 융합하는 방법을 통해 그 순간을 되살려내고 있는데, 그 시선에는 그분들의 존재와 부재의 리듬이 고스란히 결속해 있다. 우리 시대의 속도 지향성이 우리의 원초적 기억을 하나하나 지우거나 분식하고 있을 때 그의 시는 그러한 흐름에 저항함으로써 서정시가 견지해야 할 시간의 역류운동을 수행하고 있는 것이다. 그분들의 위의(威儀)를 세워보려는 각별한 열망을 통해 이러한 시편들은 가장 따뜻한 체온으로 한

시절을 되살려내는 반추의 힘을 담고 있다. 정호승의 시는 소중한 자기성찰의 방식으로서 '어머니의 목소리'와 '아버지의 편지'를 불러온다. 이러한 반추는 진솔한 자기표현과 성찰의 깊이가 결합될 때 공감의 파장이 넓어지게 마련인데, 그 점에서 정호승 시의 따뜻한 슬픔을 바라보는 일은 그의 시가 발원하는 곳을 응시하는 일이 되어줄 것이다.

나무를 껴안고 가만히
귀 대어보면
나무 속에서 어머니의 목소리가 들린다
행주치마 입은 채로 어느날
어스름이 짙게 깔린 골목까지 나와
호승아 밥 먹으러 오너라 하고 소리치던
그리운 어머니의 목소리가 들린다

—「그리운 목소리」 전문

너희는 눈부신 햇살이 되라
두려워하지 않는 화살이 되라
무릎을 꿇지 말고 당당히
새벽거리를 걸어가는 북풍이 되라
날개를 꺾지 않는 새들이 되라

너희는 먼동이 트는 새벽이 되라
눈물 없는 세상을 만들기 위해
볏단처럼 쓰러져간 벗들을 위해
벗들의 맑고 슬픈 눈동자를 위해
기다리는 자의 새벽별이 되라
새벽의 고요한 눈길이 되라

밤을 밝히는 자에게만 새벽은 찾아오고
바라보는 자에게만 별들은 빛나나니
떠나온 곳 돌아보면 갈 길은 멀고
다시 가야 할 곳 어둠의 끝일지라도
너희는 저 푸른 보리밭의 청보리가 되라
끝끝내 두려워하지 않는 화살이 되라

—「아버지의 편지」 전문

시인은 나무를 껴안았을 때 "어머니의 목소리"가 가만히 들려오는 것을 느낀다. 어머니의 그리운 목소리는 "행주치마"와 "어스름"과 "골목"의 시각적 이미지를 배치하면서도 "호승아 밥 먹으러 오너라" 하는 환청으로 들려온다. 그렇게 "그리운 어머니의 목소리"는 지금도 '시인 정호승'의 기원이요 궁극이 되어주신다. 어디선가 "어머니를 생각하는 새벽의 새벽이 되어서야/눈물의 고마움을 알게 되었다”(「새벽의 시」)라고 노래한 그대로다. 그런가 하면 아버지의 편지를 회상하는 장면에서도 정호승의 원적(原籍)은 도드라진다. 물론 이 작품은 시인이 아버지 입장에서 자녀에게 들려주는 것으로 읽을 수도 있겠지만, 여기서는 아버지가 시인에게 들려준 기억 속의 목소리로 읽어보려 한다. 아버지는 아들에게 “햇살”이 되고 “화살”이 되고 “북풍”이 되고 “새들”이 되라고 말씀하신다. 그 비유체들은 ‘눈부심’과 ‘두려워하지 않음’과 ‘당당함’과 ‘새벽거리’와 ‘날개’의 이미지를 속성으로 거느리고 있다. 그렇게 먼동이 트는 새벽이 되어 “눈물 없는 세상”과 “볏단처럼 쓰러져간 벗들”과 “벗들의 맑고 슬픈 눈동자”를 위한 “새벽별”이 되고 “새벽의 고요한 눈길”이 되라는 아버지의 말씀은, 말할 것도 없이 정호승 특유의 어둠을 넘어서는 새벽의 윤리학이요 “저 푸른 보리밭의 청보리”의 생명력에 대한 권고이기도 할 것이다. 아버지의 편지에 담긴 것은 그대로 정호승의 시인으로서의 존재론이 되어준 것이다.

봉천동 산동네에 신접살림을 차린
나의 조카 아다다
첫아이가 벌써 초등학교에 입학했다는 아다다의 집을
귤 몇개 사들고 찾아가서 처음 보았다

말없이 수화로 이어지는 어린 딸과 엄마
그들의 손이 맑은 시내를 이루며
고요히 나뭇잎처럼 흐르는 것을
양파를 푹푹 썰어 넣고
돼지고기까지 잘게 썰어 넣은
아다다의 순두부찌개를 먹으며
지상에서 가장 고요한 하늘이 성탄절처럼
온 방안에 가득 내려오는 것을

병원에 가서
청력검사 한번 받아보는 게 소원이었던 아다다
보청기를 끼어도 고요한 밤에
먼 데서 개 짖는 소리 정도만 겨우 들리는 아다다
대문 밖에서 초인종을 누르면
크리스마스트리의 꼬마전구들처럼
신호등이 반짝이도록 만들어놓은 아다다
불이 켜지면 아다다는 부리나케 일어나 대문을 연다

애기아빠는 타일공
말없이 웃는 눈으로 인사를 한다
그는 오늘 어느 신도시 아파트 공사장에서
타일을 붙이고 돌아온 것일까

아다다의 순두부찌개를 맛있게 먹고
진하게 설탕을 탄 커피까지 들고 나오면서
나는 어린 조카 아다다의 손을 꼭 잡았다
세상을 손처럼 부지런하게 살면 된다고
봉천동 언덕을 내려가는 동안
아다다의 손은 계속 내게 말하고 있었다

—「나의 조카 아다다」 전문

이번에는 '나의 조카 아다다'를 주인공으로 삼은 일종의 인물시편이다. 정호승의 아버지와 어머니가 수직의 기원이라면, 이러한 존재자의 등장은 그의 시가 얼마나 넓게 수평의 확장성을 지니는지를 선명하게 알려준다. 청력장애가 있는 조카는 타일공과 결혼하여 산동네에 신접살림을 차렸다. 첫아이가 초등학교에 입학했으니 꽤 긴 세월 동안 찾지 못하다가 그녀 가정을 찾은 시인은 그곳에서 "말없이 수화로 이어지는 어린 딸과 엄마"를 바라본다. 여기서 "그들의 손"은 발화의 도구이기도 했겠지만 무엇보다 "맑은 시내를 이루며/고요히 나뭇잎처럼 흐르는" 사랑의 대화를 가능케 한 언어 자체였다. 조카가 내준 순두부찌개를 먹으며 시인은 "지상에서 가장 고요한 하늘"이 방안에 내려오는 것을 환각처럼 바라볼 뿐이다. 예전에 조카는 병원에서 청력검사 받아보는 게 소원이었고 지금도 약한 청력으로 살아간다. 돌아오는 길에 시인은 "세상을 손처럼 부지런하게 살면 된다"는 것을 아다다의 '손'에서 듣게 된다. 정호승의 시에는 이처럼 주변부에서 최량의 정성과 사랑을 다해 살아가는 이웃들이 시인의 섬세한 관찰과 표현에 의해 자주 등장한다. '조카 아다다'는 그 핵심들을 모두 안고 있는 평화와 사랑의 전신자(傳信者)일 것이다. 이처럼 기원을 향한 수직의 그리움과 대상에 대한 지극한 수평의 사랑을 시인은 이번 시집에서 동시에 보여주고 있다.

5. 사랑의 고백록이자 예술적 도록

정호승은 자신의 삶이 개진되어가는 과정을 사실적으로 담기보다는 그동안 공들여 응시해온 대상에 대한 성찰의 깊이를 더하는 데 공력을 다하는 시인이다. 그러한 응시와 성찰의 과정에서 그의 시선은 대상에 대한 깊은 연민의 순간과 조우하곤 한다. 말하자면 그는 소소하고 하찮아 보이는 존재자들 안에서 아름다움의 근원을 찾고, 나아가 시인으로서의 존명(存命) 가능성을 찾아낸다. 신(神)은 세목에 깃든다는 말이 있거니와 이번 시집이 대상으로 삼은 대상들은 그야말로 보잘것없어 보이는 세목으로 가득하다. 이는 그들이 시인의 시선 속에서 얼마나 신성한 존재로 거듭나고 있는지를 생생하게 보여주는 실례일 것이다. 그만큼 정호승에게 희생 없는 사랑이란 없고 상실 없는 완결성은 존재하지 않는다. 그의 사랑이 합리적 인과율보다는 낭만적 운명론의 색채가 강한 것 또한 이 때문일 것이다. 그러한 시적 과제를 완성시키는 호환할 수 없는 힘은 바로 사랑에 있다. 시인은 세상에 웅크리고 있는 타자들을 복원하고 위무하고 치유함으로써 사랑의 시를 완성하고 있는 것이다.

눈길에 난 발자국만 보아도
서로 사랑한다는 것을 알 수 있다

눈길에 난 발자국만 보아도
서로 사랑하는 사람의 발자국이라는 것을 알 수 있다

남은 발자국들끼리
서로 팔짱을 끼고 걸어가는 것을 보면

남은 발자국들끼리
서로 뜨겁게 한 몸을 이루다가
녹아버리는 것을 보면

눈길에 난 발자국만 보아도

서로 사랑하고 있다는 것을 알 수 있다

—「발자국」 전문

"눈길에 난 발자국"만으로도 그 주인공들이 "서로 사랑한다는 것"을 유추해내는 시인의 눈길은 충분히 따스하고 날카롭고 미덥다. 남은 발자국들은 서로 팔짱을 끼고 걸어가기도 하고, 때로 뜨겁게 한 몸을 이루다가 녹아버리기도 한다. 이 동행과 소멸의 눈길 위에서 시인은 그네들이 서로 사랑하고 있다는 것을 알 수 있다고 노래한다. '발자국'이라는 실체가 남기고 간 흔적 같은 것인데, 이러한 흔적이야말로 누군가와 누군가의 사랑과 동행과 소멸의 시간을 한꺼번에 상상하게끔 해주는 유일무이의 형식이 되는 셈이다. 사랑은 그렇게 함께 머물다가 함께 사라져감으로써 저렇듯 위대한 형식을 잔상으로 남긴다. 눈길 위에서 가장 순결한 사랑의 잔상을 그려낸 시인은 '첫눈'이라는 또다른 순결의 사랑을 불러온다. 그의 시 가운데 "첫눈에 반했다/첫눈이 내렸다//첫눈이 내렸다/첫눈에 반했다"(「첫눈」 전문)라는 짧은 작품이 있거니와, 이때 '첫눈'은 우리의 감각과 경험을 갱신하는 매혹의 순간을 부여하는 상징이 되어간다.

첫눈 오는 날 만나자

어머니가 싸리빗자루로 쓸어놓은 눈길을 걸어

누구의 발자국 하나 찍히지 않은 순백의 골목을 지나
새들의 발자국 같은 흰 발자국을 남기며
첫눈 오는 날 만나기로 한 사람을 만나러 가자

팔짱을 끼고
더러 눈길에 미끄러지기도 하면서
가난한 아저씨가 연탄 화덕 앞에 쭈그리고 앉아
목장갑 낀 손으로 구워놓은 군밤을
더러 사먹기도 하면서
첫눈 오는 날 만나기로 한 사람을 만나
눈물이 나도록 웃으며 눈길을 걸어가자

사랑하는 사람들만이 첫눈을 기다린다
첫눈을 기다리는 사람들만이
첫눈 같은 세상이 오기를 기다린다
아직도 첫눈 오는 날 만나자고 약속하는 사람들 때문에
첫눈은 내린다
세상에 눈이 내린다는 것과
눈 내리는 거리를 걸을 수 있다는 것은
그 얼마나 큰 축복인가

첫눈 오는 날 만나자

첫눈 오는 날 만나기로 약속한 사람을 만나
커피를 마시고
눈 내리는 기차역 부근을 서성거리자

—「첫눈 오는 날 만나자」 전문

요즘은 흔한 풍경이 아니지만 예전에는 첫눈 오는 날 만나자고 약속하는 연인들이 제법 많았다. 첫번째 강설이라는 우연성이 일종의 필연성으로 바뀌어 사랑하는 사람을 만나게 해준 것이다. 그렇다면 왜 '첫눈'인가? 첫눈은 순결의 상징 가운데 가장 아름다운 형상을 품고 있기 때문이다. 첫눈의 형상이 "어머니가 싸리빗자루로 쓸어놓은 눈길"이나 "누구의 발자국 하나 찍히지 않은 순백의 골목"을 연상시키는 것도 이러한 원초적 순결성 때문일 것이다. 거기에는 깨끗한 "새들의 발자국 같은 흰 발자국"도 새겨져 있을 것이다. 그리고 "첫눈 오는 날 만나기로 한 사람"은 서로 팔짱을 끼고 눈길에 미끄러지고 "가난한 아저씨"가 파는 군밤을 사먹기도 하는 마음 가까운 동반자일 것이다. 눈물이 나도록 웃으며 눈길을 걸어갈 수 있는 사람만 첫눈 오는 날을 약속할 수 있을 것이 아니겠는가. 그것을 가능케 한 것은 말할 것도 없이 사랑의 에너지이다. 그러니 사랑하는 사람들만이 첫눈을 기다리고 "첫눈 같은 세상"을 열망하는 것이다. 따라서 첫눈 오는 날 누군가를 만나 그와 시간을 나누고 서성거린 시간은 고스란히 '사랑의 시간'이 아니었겠는가.

너의 창에는 언제나
불이 켜져 있길 바란다
너의 창에 불이 켜져 있는 한
눈은 내리고
누군가가 너의 창 앞에
가난한 눈사람을 세워둘 것이다

너의 창에 켜진 불빛은
언제나 따스하길 바란다
길 잃은 거지 한 사람
너의 불빛을 이불 삼아
밤새도록 잠을 잘 수 있도록

너의 창에는 언제나
눈이 내리길 바란다
불빛이 따스한 창가에 내리는
눈송이처럼
한순간
아름답게 살 수 있도록

—「너의 창에게 바란다」 전문

이제 사랑은 "너의 창"으로 모여든다. 언제나 창에 불이 켜져 있다면, 자연스럽게 눈은 내릴 것이고 우리는 누군가 세워놓은 "가난한 눈사람"을 만나게 될 것이니까 말이다. '눈사람' 이미지는 첫 시집에 실린 「맹인 부부 가수」에 등장한 이래 이렇게 이어져가는데, 한결같이 저차원의 알레고리를 벗어나 정호승 개인의 창조적 상징이 되어준다. 나아가 그것은 정호승 나름의 슬픔과 희망을 동시에 만들어내는 캐릭터가 되어주고 있다. '눈사람'은 인간 존재의 근거 자체가 자신을 소멸시킨 끝에 얻어지는 것이라는 사실을 암시하기도 한다. 그렇게 "너의 창에 켜진 불빛"은 언제나 따스하여 "길 잃은 거지 한 사람"도 위안을 얻을 것이며, 불빛이 따스한 창가에 내리는 눈송이처럼 우리 모두는 "한순간/아름답게 살 수 있도록" 기원하게 될 것이다. 이처럼 불빛의 은은함과 눈의 순결함은 결국 '사랑'의 다른 이름으로 번져가면서 정호승 시의 본령을 이루게 된다. 말하자면 그것은 "진정한 사랑에는 고통이 따른다는/상처 입을 때까지 사랑하는 것을 두려워하지 말라는/사랑은 어느 계절에나 열매 맺을 수 있다는/그분의 말씀"(「마더 테레사 수녀의 미소」)처럼 다가오는 것이다.

결국 정호승은 '불빛'과 '눈길'이 결속하면서 이루어내는 사랑의 시간을 아름답게 노래해간다. 생성과 소멸의 필연성이 불러오는 존재론적 슬픔을 사랑으로 견디면서 그 안에서 역설의 희망을 일구어낸다. 이 점, 초기 시부터 현재에 이르기까지 정말 한결같다. 또한 정호승은 대칭과 반복을 최대한 살리는 형태적 균제력과 균형 잡힌 호흡으로 우리에게 공감의 폭 넓은 음역(音域)을 선사해왔다. 그의 시가 지니는 완만한 가독성은 내용적 친화력 못지않게 공들여 구성한 이러한 형식적 균형과도 관련이 깊다. '눈물'과 '첫눈'의 세계를 '외로움'과 '사랑'으로 녹여낸 『외로우니까 사람이다』는 단순한 외로움의 시집이 아니다. 그가 노래하는 '눈물'과 '첫눈'처럼, 맑고 순결한 인간 보편의 정성과 사랑을 호소하고 탈환해가는 서정적 예술의 정점에 서 있는 실존적 사랑의 고백록이요 인간 존재에 대한 최상급의 예술적 도록(圖錄)이다. 그래서 우리는 이번 개정증보판이 '시인 정호승'의 이러한 폭과 깊이를 알려주는 언어적 보고(寶庫)가 되기를, 많은 독자들에게 불빛이 따스한 창가에 내리는 눈송이처럼 다가가기를, 마음 깊이 희망해보는 것이다.

柳成浩 | 문학평론가

| 시인의 말 |

1998년에 출간된 시집 『외로우니까 사람이다』의 개정증보판을 23년 만에 창비에서 내게 되었다. 시집에도 운명이 있어 그 운명에 순응한 까닭이다.

이 시집은 시인인 나 자신보다 독자들이 더 많이 사랑해준 시집이다. 어떤 의미에서는 나의 시집이라기보다 독자의 시집이라고 할 수 있다.

한 시인의 대표작은 그 시인이나 누가 나서서 의도적으로 결정하지 않는다. 오랜 세월 동안 여러가지 복합적인 상호원인에 의해 충분히 숙성된 결과로써 자연스럽게 결정된다. 이 시집에는 「수선화에게」 「내가 사랑하는 사람」 「풍경 달다」 등 나의 대표성을 지닌 시들이 실려 있다. 시인은 대표작이 단 한편만 있어도 행복한데 나는 이 시집을 통해 여러 편의 대표작을 지니게 돼 늘 감사하는 마음이다.

처음 이 시집을 낼 때 나는 '젊은 시인'이었으나 이제는 '늙은 시인'이 되었다. 그러나 시인은 늙어가도 시와 시집은 늙지 않는다.

나는 이 시집이 나의 삶과는 달리 늘 젊은 삶을 살기를 바란다. 그래서 이 시집을 처음 출간할 때 함께 썼으나 미처 게재하지 못했던 시도 있는 그대로 스무여편 더 담았다. 지금은 돌아갈 수 없는 젊은 시인일 때 쓴 시가 지금보다 더 소중하게 여겨졌기 때문이다.

모든 사람은 다 시인이다. 이 세상에 시인이 아닌 사람은 없다. 누구의 가슴 속에든 시가 가득 들어 있다. 그 시를 내가 대신해서 다시 한권의 시집으로 묶었다. 당신의 가난한 마음에 이 시집의 시들이 맑은 물결이 되어 영원히 흘러가기를……

2021년 가을

정호승